Pen Mawr

Jean Ure

Lluniau Mike Gordon

Addasiad
Meinir Wyn Edwards

Gomer

Argraffiad cyntaf – 2005

ISBN 1 84323 511 0

Cyhoeddwyd gyntaf ym Mhrydain
gan Walker Books Ltd., 87 Vauxhall Walk,
Llundain, SE11 5HJ dan y teitl *Big Head*

ⓗ testun: Jean Ure, 1999 ©
ⓗ lluniau: Mike Gordon, 1999 ©
ⓗ testun Cymraeg: ACCAC, 2005 ©

Dymuna'r cyhoeddwyr gydnabod cymorth
Adrannau Cyngor Llyfrau Cymru.

Cyhoeddwyd gyda chymorth ariannol
Awdurdod Cymwysterau Cwricwlwm ac Asesu Cymru.

Argraffwyd gan
Wasg Gomer, Llandysul, Ceredigion SA44 4JL

Cynnwys

TRWBL

Roedd Enfys mewn trwbl. *Eto.*
Roedd hi wedi troi Dan Dafis
yn froga.

'Ond pam?' llefodd ei mam.

'Roedd rhaid i mi ddysgu
gwers iddo fe, Mam,' meddai
Enfys. 'Roedd ganddo fe froga
yn ei law, ac roedd e'n mynd i
dorri'i goesau fe i ffwrdd a'u
bwyta nhw.'

Doedd ei mam ddim yn deall pam na allai hi fod wedi cymryd y broga oddi arno fe, ond fel yr esboniodd Enfys, roedd hi am iddo fe wybod sut beth oedd bod yn froga, a theimlo'r un ofn â'r creadur bach.

'Rwyt ti'n dweud wrtha i'n aml,' meddai Enfys, 'os oes pwerau hud gan berson, y dylai eu defnyddio i wneud daioni yn y byd.'

Ochneidiodd ei mam. Roedd calon Enfys yn y lle iawn, doedd dim dwywaith am hynny. Ond, o diar! Roedd hi'n achosi cymaint o broblemau. Byddai'n rhaid iddyn nhw godi pac a hedfan i ffwrdd unwaith eto. Byth yn aros yn yr unfan am fwy na phum eiliad! Roedd eu bywyd *mor* ansefydlog.

'Ro'n i wedi dod yn hoff iawn o Aberystwyth. Ta waeth,' meddai mam Enfys.

Trwy gydol yr haf roedd mam Enfys wedi bod yn eistedd yn ei phabell fach liwgar, streipiog ar y prom. Deuai pobl o bob cwr o'r wlad i groesi cledr ei llaw ag arian ac i wrando ar eu ffortiwn.

Byddai mam Enfys yn syllu i'w phelen risial ac yn rhagweld y pethau da oedd yn mynd i ddigwydd iddyn nhw.

Ac weithiau byddai'n eu rhybuddio am bethau drwg.

Roedd pawb yn adnabod Madam Petilengar. Hi oedd y wraig dweud ffortiwn orau yn y wlad!

Roedd y newyddion am Enfys yn troi'r bachgen yn froga yn siŵr o fynd ar led. Roedd hynny'n digwydd bob tro.

Trwbl, trwbl! Cododd mam Enfys y belen risial a'i thaflu i fag Tesco. Dim byd ond trwbl!

Llusgodd Enfys ei thraed yn anesmwyth.

'Mae'n ddrwg gen i, Mam!'

Ond doedd ganddi ddim dewis ar y pryd, ac mae'n siŵr na fyddai Dan Dafis yn gas wrth froga byth eto.

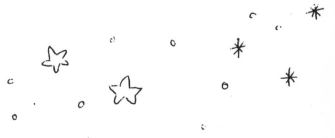

BANT Â NHW

Y noson honno, hedfanodd
Enfys a'i mam allan o
Aberystwyth ar eu carped hud.
   Roedd yn rhaid iddyn nhw
hedfan liw nos. Byddai gormod o
bobl yn sefyll a syllu arnyn nhw
yn ystod y dydd ac yn gweiddi
pethau fel, 'O drychwch! Carped
yn hedfan!'

17

'I ble ry'n ni'n mynd y tro 'ma te?' gofynnodd Enfys gan neidio lan a lawr.

'I ble bynnag fydd y carped yn mynd â ni,' atebodd ei mam yn flin. 'Paid â neidio cymaint, wir!'

Roedd yr holl hedfan o gwmpas yn boen – oedd wir!

Bu'r carped yn hofran drwy'r
nos; heibio'r lleuad a rhwng
y sêr, dros y toeau a'r coed,
tan iddyn nhw weld arwyddion
cyntaf o'r wawr yn yr awyr –
pelydrau pinc golau a bysedd
lliw rhosyn. Arwydd da!

'Wyt ti'n cofio'r hen bennill?'
gofynnodd Enfys:

> *'Coch yn y bore,*
> *Y byd ar ei ore;*
> *Coch yn yr hwyr,*
> *Tristwch llwyr.'*

Dim ond gwneud sŵn rhochian
wnaeth ei mam.

O'r diwedd, dyma nhw'n dechrau disgyn.

'Ble ry'n ni?' gwichiodd Enfys.

Sbeciodd Madam Petilengar dros ymyl y carped hud.

'Twnnel Conwy,' meddai.

Twnnel Conwy! Oedd 'na le mwy diflas yn y byd i gyd? Chwarddodd Enfys ac

edrychodd ei mam yn gas arni.
Bai Enfys oedd hyn i gyd.

'Bydd yn dawel am funud,'
meddai, 'er mwyn i fi gael
edrych yn y belen risial. Hm . . .
rwy'n gallu gweld tŷ reit braf
gyda stafelloedd i'w rhentu
ynghanol y dref. Dere!'

Bydd yn
dawel am
funud.

A chyn bo hir roedd gan y tŷ
reit braf gyda stafelloedd i'w
rhentu boster yn un o'r ffenestri.

MADAM
PETILENGAR

Darllen y sêr

Dweud ffortiwn

Roedd y belen risial yn barod
ar y bwrdd bach sgwâr a'r carped
hud wedi'i rolio mewn cornel
dywyll. A beth am Enfys . . .

Gwenodd ei mam arni, gan
edrych i fyny o'r belen risial.
'Rwy wedi dod o hyd i'r ysgol
berffaith iti!' meddai Mam.

Enw'r ysgol oedd Ysgol Heol yr Angylion. Roedd gwisg ysgol gan y disgyblion, ac arwyddair yr ysgol oedd 'Gwasanaethu ac Ufuddhau'.

'Mewn geiriau eraill – *bihafia*!' meddai mam Enfys wrthi. 'A chofia . . .' Trawodd ei bys yn erbyn y belen risial. 'Rwy'n cadw llygad barcud arnat ti!'

PRYS PEN MAWR

Roedd Enfys ar fin dechrau yn
ei hysgol newydd. Roedd hi
wedi bod mewn sawl ysgol
newydd yn ddiweddar,
oherwydd allai hi ddim peidio â
defnyddio'i phwerau hud.

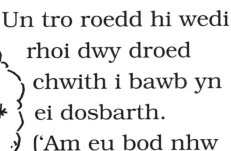

Un tro roedd hi wedi rhoi dwy droed chwith i bawb yn ei dosbarth. ('Am eu bod nhw i gyd yn gas wrth rhyw fachgen bach oedd braidd yn drwsgl!')

Mewn ysgol arall roedd hi wedi rhoi trwyn fel morthwyl drws ffrynt i ferch bertaf y dosbarth, a gwneud i'w dannedd hi sticio allan fel rhai ceffyl. ('Roedd hi'n gymaint o snoben, Mam!')

Ac mewn ysgol arall eto roedd hi wedi troi'r athro'n fochyn dafadennog.

('Roedd e'n rhy gas! Roedd e'n pigo ar blant o hyd ac yn gwneud iddyn nhw grio!')

Enw athrawes
Enfys yn Ysgol
Heol yr Angylion
oedd Miss Cain.
'Wna i mo'i
throi *hi*'n fochyn
dafadennog – wir
yr!' meddai Enfys
yn daer.

O hyn ymlaen roedd hi'n
mynd i ymddwyn fel
pob disgybl arall.

'Rwy'n addo!'
meddai.

Ac fe driodd hi ei
gorau glas. Ond
roedd yn anodd iawn
pan oedd gennych
chi bwerau hud.

Roedd bachgen yn y dosbarth o'r enw Prys Penri. Byddai gweddill y plant yn ei alw'n Prys Pen Mawr. Bob tro y byddai Miss Cain yn gofyn cwestiwn, byddai llaw Prys yn saethu i fyny a'i lais yn gweiddi'r ateb yn uwch ac yn gynt na phawb. Doedd neb arall yn cael cyfle.

Roedd yr holl beth yn mynd dan groen Enfys. Roedd hi ei hun bron â thorri'i bol eisiau ateb y cwestiynau.

Ond Prys fyddai'n ateb gyntaf bob tro. Doedd y lleill ddim fel petaen nhw'n poeni rhyw lawer. Bydden nhw'n eistedd yno fel delwau. Doedden nhw ddim yn gwneud unrhyw ymdrech o gwbl.

Yn ôl Mari a Lisa, doedd dim pwrpas iddyn nhw ymdrechu.

'Mae e'n gwybod popeth,' meddai Mari. 'Y Pen Mawr.'

Roedden nhw mor gyfarwydd â chael Prys yn ateb drostyn nhw, fel eu bod nhw wedi troi'n dwp!

Ond doedden nhw ddim yn dwp! Roedd yn rhaid i Enfys wneud rhywbeth am hyn. Rhoi ei phwerau hud ar waith!

Hoeliodd ei llygaid ar gefn pen Prys. Dim ond dychmygu cannoedd ar gannoedd o dyllau bach yn ymddangos yno, a'i ymennydd i gyd yn llifo allan . . .

Clywodd Enfys lais yn sydyn yn ei phen, *'Beth wyt ti'n feddwl wyt ti'n ei wneud?'*

'O dratia!' meddyliodd Enfys yn euog.

Dyna'r drafferth cael mam
fel mam Enfys. Gallai edrych
yn ei phelen risial unrhyw bryd
a'ch dal yn gwneud rhywbeth
na ddylech chi. Gallai hyd yn
oed fynd i mewn i'ch pen a
darllen eich meddwl. Ac roedd
Prys Pen Mawr yn *dal* i ateb
pob cwestiwn!

Roedd y peth mor annheg!

'Dyw bywyd ddim yn deg,' meddai Lisa.

'Fel 'na mae hi. Rhaid i ni dderbyn y peth,' meddai Mari.

'Hy!' meddyliodd Enfys. 'Felly'n wir!' Efallai y gallai Lisa a Mari eistedd yn ôl a gwneud dim. Ond allai hi ddim gwneud hynny o gwbl!

MWY O DRWBL

Roedd mam Enfys yn mynd i'r dre am y dydd. A wyddoch chi beth? Fe adawodd hi y belen risial ar ôl yn y tŷ!

Roedd hynny'n golygu na allai hi edrych ynddi a gwylio Enfys yn mynd drwy ei phethau . . .

Dyma ei chyfle. Roedd yr amser wedi dod i ddysgu gwers neu ddwy i Prys Pen Mawr!

Arhosodd tan y wers ar ôl
amser chwarae. Ac yna . . .

Yn raddol bach, digwyddodd
rhywbeth rhyfedd. Dechreuodd
ben Prys chwyddo! Chwyddo
a chwyddo nes ei fod

yr un maint
â phêl-droed . . .

maint
pwmpen . . .

maint balŵn anferth llawn aer
. . . ac roedd yn dal i dyfu!

Syllodd y plant eraill i gyd yn syn. Dechreuodd un neu ddau ohonyn nhw chwerthin.

Yr unig berson na sylwodd
ar hyn i gyd oedd Miss Cain.
Ond efallai fod gan Enfys
rywbeth i'w wneud â hynny.

'Pwy sy'n gallu
ateb cwestiwn
rhif pedwar?'
gofynnodd Miss
Cain.

'Cwestiwn rhif
pump?'

'Rhif chwech?'

Roedd hi'n bryd rhoi cyfle i rywun arall. Doedd Enfys ddim eisiau bod yn gymaint o ben mawr â Prys Pen Mawr (a oedd erbyn hyn yn Prys Pen Mawr *Iawn*). Arhosodd. Ond ddigwyddodd dim.

'Dewch!' meddyliodd Enfys. 'Beth sy'n bod arnoch chi i gyd?'

Roedd hi wedi tawelu Prys Pen Mawr er eu mwyn nhw!

Efallai fod angen dysgu gwers arnyn nhw hefyd . . .

O gwmpas yr ystafell ddosbarth,
yn araf bach, dechreuodd
y pennau grebachu

mor fach â
grawnffrwyth . . .

mor fach â
pheli tennis . . .

mor fach â
chnau cyll . . .

mor fach â
phennau
pinnau bawd!

45

Pedwar ar hugain o blant, â'u pennau mor fach fel eu bod bron yn anweledig.

'Edrycha ar Rhys!' chwarddodd Lisa. Wedyn sylwodd hi ar Mari a syrthiodd ei gwep. Ond dim ond syrthio rhyw filimedr, achos pen pìn bawd oedd ganddi erbyn hyn!

Yna edrychodd Mari ar Lisa ac agorodd ei llygaid led y pen. Ond dim ond agor rhyw feicrodot, achos pen pìn bawd oedd ganddi hithau hefyd!

Roedd eu pennau nhw i *gyd* maint pen pìn bawd! Pob un copa walltog ohonyn nhw!

Ar wahân i Prys wrth gwrs.
Pen *balŵn* oedd ganddo fe!

Ond ni sylwodd Miss Cain
fod dim o'i le.

'Enfys?' gofynnodd, gan
wenu o glust i glust.

WEDI EI DAL!

'O diar! Wedi blino'n lân!' ochneidiodd Madam Petilengar. Byddwch yn barod am drwbl nawr! Roedd Madam Petilengar wedi dod adre! Yn *gynnar*!

Agorodd ei cheg led y pen ac
estynnodd am y belen risial.
Ond beth oedd hyn? Llond
dosbarth o blant â phennau
pitw bach (ar wahân i un
bachgen oedd â phen fel balŵn
anferth). Ac yn eu canol, a
gwên fawr ar ei hwyneb . . .

Enfys!

O dratia'r ferch 'na! Roedd hi wedi bod yn chwarae triciau eto.

'Dere adre'r eiliad 'ma!' sgrechiodd Madam Petilengar. *'A newidia'r plant 'na 'nôl fel oedden nhw!'*

'O, os oes rhaid,' ochneidiodd
Enfys.

En . . ?

Trodd Miss Cain
i edrych ar ei
dosbarth.

Edrychodd ar
y lle roedd Enfys
yn arfer eistedd.

'Tri un deg
saith? En . . .'

Tawelodd ei
llais.

Edrychodd yn syn. I bwy
y dylai ofyn? Sylwodd ar ferch
fach ag wyneb
llo bach yn
sugno'i bys
bawd.

'Anwen?'
gofynnodd
Miss Cain.

A dyma
Anwen,
nad oedd
wedi ateb
cwestiwn
ers amser
maith, yn
tynnu'i bys
bawd allan
o'i cheg a
dweud, 'Pum
deg un'.

Dyna'r ateb
cywir, wrth
gwrs. Doedd
Miss Cain
ddim yn
gallu credu'i
chlustiau!

'Cwestiwn saith?' gofynnodd yn obeithiol.

Saethodd llaw Prys i'r awyr. A llaw Anwen, ac un Mari, ac un Lisa, ac un Rhys, ac un Ioan. Llaw pob un o'r plant!

Blinciodd Miss Cain. Roedd rhywbeth rhyfedd wedi digwydd i'w dosbarth.

Oedd wir! Diolch i bwerau hud Enfys, roedd pob un ohonyn nhw wedi deffro o drwmgwsg hir, hir.

BANT Â NHW ETO!

Y noson honno, roedd Enfys a'i
mam wrthi'n pacio'u bagiau.
Eto. Y belen risial. Y bwrdd
bach sgwâr. Y lliain bwrdd a'i
batrwm o sêr. Y poster oedd yn
hysbysebu

MADAM PETILENGAR

Darllen y sêr

Dweud ffortiwn

Popeth wedi'u pacio! Unwaith eto!

'O, pam na allwn i gael merch fach gyffredin?' ochneidiodd mam Enfys.

'Hei!' meddai Enfys. 'Allet ti ddim cael merch fach gyffredin achos dwyt ti ddim yn fam gyffredin dy hun.'

Safodd ei mam i fyny'n ddig.

'Rwy'n fam hollol gyffredin, diolch yn fawr,' meddai, gan wthio'i phelen risial i fag Tesco! 'Cer ar y carped 'na glou, a bant â ni!'

A bant â nhw, gan hofran drwy'r awyr dywyll. Heibio'r lleuad a rhwng y sêr, dros y toeau a'r coed.

'I ble nesa, tybed?' meddyliodd Enfys.

I ble bynnag y bydden nhw'n mynd, bydden nhw'n siŵr o gael hwyl! Roedd bywyd yn un parti mawr pan oedd Enfys o gwmpas!

Hefyd yn y gyfres:

*Cysylltwch â Gwasg Gomer
i dderbyn pecyn o syniadau
dysgu yn rhad ac am ddim.*